孤獨國

周夢蝶著

藍星詩社出版

以詩的悲哀征服生命的悲哀。

——奈都夫人

目次

讓

讓歡香輕紅嫁與春水，
讓蝴蝶死吻夏日最後一瓣玫瑰，
讓秋菊之冷艷與清愁
酌滿詩人咄咄之空杯；

讓風雪歸我，孤寂歸我
如果我必須冥滅，或發光——
我寧願爲聖壇一蕊燭花
或遙夜盈盈一閃星淚。

索

是誰在古老的虛無裏
撒下第一把情種？

從此，這本來是
只有「冥漠的絕對」的地殼
便給鵑鳥的紅淚爬滿了。

想起無數無數的羅蜜歐與朱麗葉
想起十字架上血淋淋的耶穌
想起給無常扭斷了的一切微笑……

我欲摶所有有情爲一大渾沌
索曼陀羅花浩瀚的瞑默，向無始！

禱

上帝呀！我求你
借給我你智慧的尖刀！
讓我把自己——
把我的骨，我的肉，我的心……
分分寸寸地斷劃
分贈給人間所有我愛和愛我的。

不，我永無吝惜，悔怨——
這些本來都不是我的！
這些本來都是你爲愛而釀造的！
——現在是該我「行動」的時候了，
我是一瓶渴欲流入
每顆腼腆地私語着期待的心兒裏的櫻汁。

雲

永遠是這樣無可奈何地懸浮着，
我的憂鬱是人們所不懂的。

羨我舒卷之自如麼？
我却纏裹着既不得不解脫
而又解脫不得的紫色的鐐銬；
滿懷曾經滄海掬不盡的憂患，
滿眼恨不能霑勻衆生苦渴的如血的淚雨，
多少踏破智慧之海空
不曾拾得半個貝殼的漁人的夢，
多少愈往高處遠處撲尋
而青鳥的影跡却更高更遠的獵人的夢，
尤其，我沒有家，沒有母親

我不知道我昨日的根託生在那裏
而明天——最後的今天——我又將向何處沉埋……
我的憂鬱是人們所不懂的！
羨我舒卷之自如麼？

霧

從一枕黑甜的沉溺裏跳出來，
濕冷劈頭與我撞個滿懷——

回教女郎的面紗深深掩罩着大地，
冥濛裏依稀可聞蝸牛的喘息；

夸父哭了，羲和的鞭子泥醉着
眈眈的后羿的虹弓也愀然黯了顏色；

而向日葵依舊在凝神翹望，向東方！
看有否金色的車塵自扶桑樹頂閃閃湧起；

小草欠伸着，惺忪的睫毛包孕着笑意：
它在尋味剛由那兒過來的綺幻的夢境

它夢見它在葡萄酒的紫色海裏吞吐馳驟
它是一頭寡獨、奇譎而桀驁的神鯨…………

當陽光如金蝴蝶紛紛撲上我襟袖，
若不是我濕冷襤褸的影子澆醒我

我幾乎以爲我就是盤古
第一次撥開渾沌的眼睛。

有贈

我的心忍不住要挂牽你——
你，危立於冷凍裏的紅梅！

爲什麼？你這般遲遲洩漏你的美？
你把你豔如雪霜的影子拖得好死！

梅農的雕像輕輕吟唱着，
北極星的微笑給米修士盜走了……

雪花怒開，嚴寒如喜鵲竄入你襟袂
噫，你枕上沉思的繆司醒未？

徘徊

一切都將成爲灰燼，
而灰燼又孕育着一切——

櫻桃紅了，
芭蕉憂鬱着。

祂不容許你長遠的紅呢！
祂不容許你長遠的憂鬱呢！

「上帝呀，無名的精靈呀！
那麼容許我永遠不紅不好麼？」

然而櫻桃依然紅着，

芭蕉依然憂鬱着，

——第幾次呢？

我在紅與憂鬱之間徘徊着。

除夕

一九五八年，我的影子，我的前妻
投了我長長的惻酸的一瞥，瞑目去了……

但願「新八」不再重描伊的舊鞋樣！
她該有她自己的——無幫兒無底兒的；

而且，行動起來雖不一定要步步颺起香塵——
你總不能教波特萊爾的狗的主八絕望地再哭第二次。

現在

又踅過去了！
連瞥一眼我都沒有；
我只隱隱約約聽得
他那種躊躇滿志幽獨而堅冷的脚步聲。

「已沒有一分一寸的餘暇
容許你挪動『等待』了！
你將走向那裏去呢？
成熟？腐滅？……」

這聲音沉默地撞擊着我如雪浪
我邊打着寒噤，邊問自己：
我究會讓他蠶蝕了我生命多少?!

慈仁而又冷酷
慷慨而又慳吝……
他是我的孿生兄弟呢。

寂寞

寂寞躡手躡脚地
尾着黃昏
悄悄打我背後裏來，裏來

缺月孤懸天中
又返照於荇藻交橫的溪底
溪面如鏡晶澈
祇偶爾有幾瓣白雲冉冉
幾點飛鳥輕噪着渡影掠水過………

我趺坐着
看了看岸上的我自己
再看看投映在水裏的

醒然一笑

把一根斷枯的柳枝
在沒一絲破綻的水面上
着意點畫着「八」字——
一個，兩個，三個…………

冬至

流浪得太久太久了，
琴，劍和貞潔都沾滿塵沙。

鴉背上的黃昏愈冷愈沉重了，
怎麼還不出來？燭照我歸路的孤星潔月！

一葉血的遺書自楓樹指梢滑墜，
荒原上造化小兒正以野火燎秋風的虎鬚………

「最後」快燒上你的眉頭了！回去回去，
小心守護它：你的影子是你的。

烏鴉

哽咽而愴惻，時間的烏鴉嗚號着：
「人啊，聰明而蠢愚的啊！
我死去了，你悼戀我；
當我偎依在你身旁時，却又不睬理我——
你的瞳彩晶燦如月鏡，
唉，却是盲黑的！
盲黑得更甚於我的斷尾……」

時間的烏鴉嗚號着，哽咽而愴惻！
我摟着死亡在世界末夜跳懺悔舞的盲黑的心
剎那間，給斑斑啄紅了。

晚虹

當晚虹倩笑着
以盛妝如新嫁娘的儀采出現的時候——

一身血一身汗一身泥的勞人，
以爲它是一張神弓
想搭在它的弓弦上如一隻箭
輕飄飄地投射到天堂的清涼裏去；

給太多的空閒絞得面色慘青
可憐的上帝！常常悄悄悄悄地
從天堂的樓口溜下來
在它絢爛的光影背後小立片刻——
只爲一看太陽下班時暖紅的笑臉，

只爲一嗅下界飛沙與烟火氤氳的香氣，
只爲一吻頂滿天醉雲歸去的農女的斗笠
和一聽特別快車趨近解脫邊緣時灑落的尖笑……

乘除

一株草頂一顆露珠
一瓣花分一片陽光
聰明的，記否一年只有一次春天？
草凍、霜枯、花冥、月謝
每一胎圓好裏總有缺陷孿生寄藏！

上帝給兀鷹以鐵翼、銳爪、鉤脗、深目
給常春藤以嬝娜、纏綿與執拗
給太陽一盞無盡燈
給蠅蛆蚤虱以綳綳的接力者
給山磊落、雲奧奇、雷剛果、蝴蝶溫馨與哀愁……

默契

生命——
所有的，都在覓尋自己
覓尋已失落，或掘發點醒更多的自己……

每一閃蝴蝶都是羅蜜歐癡愛的化身，
而每一朵花無非朱麗葉哀艷的投影；
當二者一旦猝然地相遇，
便醉夢般濃得化不開地投入你和我，我和你。

而當兀鷹矚視着縱橫叱咤的風暴時
當白雷克於千萬億粒沙裏遊覽着千萬億新世界
當惠特曼在每一葉露草上吟讀着愛與神奇
當世尊指間的曼陀羅照亮迦葉尊者的微笑
當北極星枕着寂寞，石頭說他們也常常夢見我………

錯失

十字架上耶穌的淚血凝凍了，
我理智的金剛寶劍猶沉沉地在打盹；
誰說人是最最靈慧而強毅的？
竟抗抵不了「媚惑」甜軟的纏陷的眼睛。

你說，也許有一天你會懷孕
（你將鍊鑄一串串晶瑩豐圓的紫葡萄出來）
是的，也許有一天荆棘會開花
而一夜之間，維納絲的瞎眼亮了……

誰曉得！上帝會怎樣想？
萬一眞眞有那麼一天，很不幸的
我擔憂着：我髣髴獨見一座深深深深鎖埋着的生之墓門
面對着它，錯失哭了；握在眞理手中的鑰匙也哭了。

菱角

偎抱着十二月的嚴寒與酷熱
你們睡得好穩、好甜啊
你們，這羣愛做白日夢的
你們，翅膀尖上永遠挂着微笑的

一隻隻手的貪婪，將抓走多少
天眞？
熱霧裊繞，這兒
正有人在蒸煮、販賣蝙蝠的屍體！
一襲襲鐵的紫外套，被斬落
一雙雙黑天使的翅膀，被斬落

一瓣瓣白日夢，一彎彎笑影……

上帝啊，你曾否賦予達爾文以眼淚？

孤獨國

昨夜，我又夢見我
赤裸裸地趺坐在負雪的山峯上。

這裏的氣候黏在冬天與春天的接口處
（這裏的雪是溫柔如天鵞絨的）
這裏沒有嬲騷的市聲
只有時間嚼着時間的反芻的微響
這裏沒有眼鏡蛇、貓頭鷹與人面獸
只有曼陀羅花、橄欖樹和玉蝴蝶
這裏沒有文字、經緯、千手千眼佛
觸處是一團渾渾莽莽沉默的吞吐的力
這裏白晝幽闃窈窕如夜
夜比白晝更綺麗、豐實、光燦

而這裏的寒冷如酒，封藏着詩和美
甚至虛空也懂手談，邀來滿天忘言的繁星……

過去佇足不去，未來不來
我是「現在」的臣僕，也是帝皇。

在路上

這條路好短，而又好長啊
我已不止一次地，走了不知多少千千萬萬年了
黑色的塵土覆埋我，而又
粥粥鞠養着我
我用淚鑄成我的笑
又將笑灑在路旁的荊刺上

會不會奇蹟地孕結出蘭瓣一兩蕊？
迢遙的地平線沉睡着
這條路是一串永遠數不完的又甜又澀的念珠

行者日記

昨日啊
曾給羅亭、哈姆雷特底幽靈浸透了的
濕漉漉的昨日啊！去吧，去吧
我以滿鉢冷冷的悲憫爲你們送行

我是沙漠與駱駝底化身
我袒臥着，讓寂寞
以無極遠無窮高負抱我；讓我底跫音
沉默地開黑花於我底胸脯上

黑花追蹤我，以微笑底憂鬱
未來誘引我，以空白底神秘
空白無盡，我底憂鬱亦無盡……

天黑了！死亡斟給我一杯葡萄酒
我在莪默瘋狂而清醒的瞳孔裏
照見永恒，照見隱在永恒背後我底名姓

附註：莪默・開陽（Omar Khayyam），波斯詩人，「魯拜集」作者，
有「遺身願裹葡萄葉，死化寒灰帶酒香」之句。

第一班車

乘坐着平地一聲雷
朝款擺在無盡遠處的地平線
無可奈何的美麗，不可抗拒的吸引進發。

三百六十五個二十四小時，好長的夜！
我的靈感的獵犬給囚錮得渾身癢癢的
渴熱得像觸嗅到火藥的烈酒的亞力山大。

大地蟄睡着，太陽宿醉未醒
看物色空濛，風影綽約掠窗而過
我有踏破洪荒、顧盼無儔恐龍的喜悅。

而我的軌跡，與我的跫音一般幽夐寥獨

我無暇返顧，也不需要休歇
狂想、寂寞，是我唯一的裹糧、喝采！

不，也許那比我起得更早的
啓明星，會以超特的友愛的關注
照亮我「爲追尋而追尋」的追尋；

而在星光絢縵的崦嵫山下，我想
亞波羅與達奧尼蘇司正等待着
爲我洗塵，爲莊嚴的美的最後的狩獵祝飲……

哦，請勿嗤笑我眼是愛羅先珂，脚是拜倫
更不必絮絮爲我宣講后羿的癡愚
夸父的狂妄、和奇慘的阿哈布與白鯨的命運

因爲，我比你更知道——誰不知道？
在地平線之外，更有地平線
更有地平線，更在地平線之外之外…………

川端橋夜坐

渾凝而囫圇的靜寂
給橋上來往如織劇喘急吼着的車輦撞爛了

而橋下的水波依然流轉得很穩平——
（時間之神微笑着，正按着雙槳隨流蕩漾開去
他全身墨黑，我辨認不清他的面目
隔岸星火寥落，髣髴是他哀倦諷刺的眼睛）

「什麼是我？
什麼是差別，我與這橋下的浮沫？」

「某年月日某某曾披戴一天風露於此悄然獨坐」
哦，誰能作證？除却這無言的橋水？

而橋有一天會傾拆
水流悠悠，後者從不理會前者的幽咽……

四七、四、一

冬天裏的春天

用橄欖色的困窮鑄成個鐵門閂兒，
於是春天只好在門外哭泣了。

雪落着，清明的寒光飄閃着；
淚凍藏了，笑蟄睡了
而鐵樹般植立於石壁深深處主人的影子
却給芳烈的冬天的陳酒飲得酡醉！

今夜，奇麗莽扎羅最高的峯巔雪深多少？
有否鬚髭奮張的錦豹在那兒瞻顧躊躇枕雪高臥？

雪落着，清明的寒光盈盈斟入
石壁深深處鐵樹般影子的深深裏去；

影子酩酊着，冷颸颸地釀織着夢，夢裏
鐵樹開花了，開在瞑目含笑錦豹的額頭上。

上了鎖的一夜

我微睨了一眼那鐵鎖
神色慍鬱厭悶，瞑垂着眼睛

我再仔細揣摸一回我的脊椎
瘦稜稜的，硬直直的……擎持着我

跟昨夜一樣——昨夜！夢幻的昨夜啊
我依稀猶能聞得纏留在我耳畔你茉莉的鬢香

聽，樓下十字街心車輦的喧笑聲！如此
甜酣鬧熱，如此親切而又遼遠，熟稔而陌生

噫，是什麼？在一分一寸地鬱劊着我？
我髣髴扁窄了一些什麼，而又沉重了一些什麼

哦，冷！怪誕兀突而顳頏的冷
這牆壁、這燈影、這擁裹着我的厚沉沉的棉絮………

不，用不着挂牽有沒有誰挂牽你
你沒有親人，雖然寂寞偶爾也一來訪問你

不，明天太陽仍將出來，你的記憶將給烘乾
你不妨對別人說「昨夜？哦，我打獵去啦……」

我再睨一眼那鐵鎖
鼾聲如縷：悶厭已沉澱，解脫正飄浮

而我的影子卻兀自滿眼惶惑地審視着我：
「你是誰？你叫什麼名字？」

剎那

當我一閃地震慄於
我是在愛着什麼時，
我覺得我的心
如垂天的鵬翼
在向外猛力地擴張又擴張……

永恒——
剎那間凝駐於「現在」的一點；
地球小如鴿卵，
我輕輕地將它拾起
納入胸懷。

晚安！剎那

又一次地球自轉輕妙的完成……

長天一碧窈窕，風以無骨的手指搖響着笑
觸目盈耳一片嫵媚溫柔
沙塵釀郁芳醇沾鼻如酒

在沒一絲褶縐的穹空的湖面上
白雲臥游着，像夢幻的天鵝
幽悄悄地——怕撩醒湖底精靈的清睡

世界醉了，醉倒在「美」的臂彎裏
（腰繫酒葫蘆兒，達奧尼蘇司狂笑着
從瞎眼的黑驢兒背上滑墜下來）

而我却歇斯頽厲地哭了
我植立着，看蝙蝠蘸一身濃墨
在黃昏曇花一現的金紅投影中穿織着十字
那邊，給海風吹瘦了的
　　最前線的刺刀尖上
倏然飛挂起第一顆晚星………

消　息（二首）

（一）

上帝是從無始的黑漆漆裏跳出來的一把火，
我，和我的兄弟姊妹們——
星兒們，鳥兒魚兒草兒蟲兒們
都是從祂心裏迸散出來的火花。

「火花終歸是要殞滅的！」
不！不是殞滅，是埋伏——
是讓更多更多無數無數的兄弟姊妹們
再一度更窈窕更夭矯的出發！
從另一個新的出發點上，
從燃燒着絢爛的冥默
與上帝的心一般浩瀚勇壯的

千萬億千萬億火花的灰燼裏。

（二）

昨夜，我又夢見我死了
而且幽幽地哭泣着，思量着
怕再也難得活了

然而，當我鉤下頭想一看我的屍身有沒有敗壞時
却發見：我是一叢紅菊花
在死亡的灰燼裏燃燒着十字

畸戀（四首）

（一）

掬滿腔肫摯的洋溢的虔熱，仰吻
你嶙峋、凝靜而清明的前額。
是什麼？將它冶煉得如此聖美而不可思議！
髣髴有什麼不可折撓的在它深深處危立着
而驀地俘去我所有的狂喜、膜拜。

甘地墓旁的紫丁香落了開了又落了，
而他空絕的跫音與警戒的矚視
却依然如沉雷暝電在我聾聵背後震閃炙射
使我不得不時時叩醒把守着我的咽喉的金劍
當蠱惑的醲軟酥脆頻頻朝我招手時。

（二）

這兒纔是愛情最最擁擠的所在。

風這樣大！我的鼻額、我的眉眼、我的夢幻
我的披挂着黑色的絕望寒鴉般的影子……
全給伊飄忽飛猛歘斯頹厲的紅吻澆醉了。

感謝上帝也給了我戀偶！
這十二月的幼婦，雖然潑辣一些，却是冶艷的。

（三）

所有守護神都在這兒守護着。
在這兒，有紫玉色的霧縠重重圍鎖
任何輕侮、嫉妬、災厄都排擠不入
在這兒，宿駐着一位嬌小而矜貴的公主。

據說這位無名的慣於幽獨寡默的女兒
形影憔悴而靈魂悱惻窈窕
耽愛拈弄淚珠，緘藏流雲的脚步
咀嚼曼陀羅花，傾聽寂靜，凝視漂鳥……

祝福我吧，如果嗜哀者眞的有福了
——我決非單單只有這麼一根肋骨！

（四）

不知道那生來就沒有耳朵的怎樣覺得！
寂寞吧，我想。

而淪爲人的有不止一個耳朵的我，
却日夜悵惱着，憶戀着
那流遠了的永不再來的過去——
神秘地耳鬢廝磨在千萬億鯈魚似的寂寞羣裏，
聽雄渾而靈明、單一而邃深的潮汐的諧奏
日夜在我耳畔吻舐、呢喃、謳吟……

哦，那時我不過是恒河一粒小小的流沙。

鑰匙（三首）

（一）

幸福：你日夜禱戀的，
是一尊善妒的女神；
她的心眼兒狹窄
容不下一粒沙。

你必須戰戰兢兢地伏侍她，
夢裏也得把你的心香裊裊地繞着她；
偶爾她也會對你嫣然一笑，
當你的虔誠化爲鵑血澆紅一天雲花。

（二）

沒想到你會藏匿在這兒！
你，我踏破鐵鞋汲汲夢求的眞理——

澈悟的怡悅，解脫的歡快。

哦，請一刻兒也不要再飛離我吧
你，涔涔地日夜流溢着汗與淚的十字架！
知否？我的怡悅與歡快
是纏緊在你的翅膀上的。

（三）

你不妨把枕頭墊得更高一點
安安穩穩地睡吧！
不會有什麼雪亮的匕首
在你的魂夢中颼然閃現的——
只要你不曾攫飲過別人體中的血像蚊子
或者，你無意有意之間
踐踏過別人的影子……

匕首（五首）

（一）

一瓣蝸牛心裏有一座火山，
一莖狗尾草心裏有一尊金字塔；
寄語鷹隼莫向乳燕雛雞獰笑：
沉默的冰河底層有更多洶湧的血！

（二）

從天堂裏跳下來
抖一抖生了銹的手臂

插起雙翅
飛向十字街頭——
買一柄短劍
一張無絃琴

一罎埋着冬天裏的春天的酒
一把可以打開地獄門的鑰匙……

（三）

不管攤在我前面的
是一天豔陽如火如酒
抑是比火還烈比酒更濃的憂愁

我仍將啣着笑，一步緊一步走去——
我曾吻抱過地獄一萬零一夜
一萬零一夜不過是我「盲目的愛」的序曲

（四）

我想把世界縮成
一朶橘花或一枚橄欖，
我好合眼默默觀照，反芻——
當我冷時，餓時。

（五）

最最緊要的是
當它剛剛開始蠕動萌發時——
當心呀，讓你的匕首張開眼來！
看它是黑色的，抑是白色的

如果等它根鬚已毒蛇般
鑽爬到你心田遠遠深深處
而它的花已猙獰怒開
果實已垂垂坐大…………

無題（七首）

（一）

不不，你應該是快樂的！
應該的………

你的額頭玻璃般光滑而冷硬——
它能刺得上誰的痛苦麼？

（二）

我不知道該如何適應這氣候！
你眼裏的寒暑表太不可捉摸了。
纔不過一映眼的工夫呀
你眉梢閃跳着虹之舞的繽紛笑影已隱逝不見
而在繁紅如火的榴樹身上
却結滿北極十二月纍纍的奇寒。

（三）

我怎麼好抱怨荊棘呢？
我的鞋子本來很厚實的，
是鹵莽與悖慢把它剷薄了。

幽獨的屋角有蜘蛛在補綴
永遠補綴不完的暴風雨的記憶；
今夜十字架上月色如練……

（四）

你的軟紅鞋着地時有多輕飄！
宛如腼腆的落花忐忑的喘息——
怕飛塵搓你的脚？抑是怕挑醒
空氣偸偸舐吻或刦走你的影子？

（五）

昨天，
你像一枝嬌花
黏着火與酒
飄落在我身邊；
我輕輕拾起，看看又丟下
我沒有暖室，沒有瓶，也沒水：
我是從沙漠裏來的！

今天，
你像一抹寒雲
頭也不回一回地
向銀灰色的天末遠去；
我彈掉袖口飛塵似地笑笑
本來沒有汗的心又洗過一縷凉颸：
我原是從沙漠裏來的！

（六）

二十年前我親手射出去的一枝孽箭
二十年後又冷颼颼地射回來了

我以吻十字架的血唇將它輕輕啣起
輕輕吞進我最深深處的心裏

在我最深深處的心裏，它醒睡着
像一首聖詩，一尊烏鴉帶淚的沉默

這沉默，比「地獄的冷眼」更叱咤尖亮
它使我在種種媚惑面前震懾不敢仰視

（七）

我要
把身上的衣服全部脫下
把心上的衣服全部脫下
散髮跣足，兀立於「伊甸園之東」——
只有哀悔與我相對沉默的地方
讓年年月月日日嗚嗚咽咽
亂箭似的時間的急雨
刮洗去我斑斑血的記憶

四行八首

（一）北極星

那寡獨而高的北極星
因爲怕冷
想長起一雙翅膀
飛入有燈光的窗戶裏去

（二）司閽者

我想找一個職業
一個地獄的司閽者
慈藹地導引門內人走出去
慈藹地謝絕門外人闖進來

（三）我愛

我愛咀嚼醲郁悱惻的詩
我愛咀嚼「被咀嚼」的滋味
當「誘惑」把櫻口纔剛剛張開一半兒
我已縱身投入

（四）夢

喜馬拉雅山微笑着
想起很早很早以前的自己
原不過是一粒小小的卵石
「哦，是一個夢把我帶大的！」

（五）悟

拂去黏在髮上眉上鬚上的露珠
從懷疑瀰漫灰沉沉的夜霧裏
爬上額非爾斯最高的峯巔
打開眼，看金雲抱日出

（六）角度

戰士說，爲了防衛和攻擊
詩人說，爲了美
你看，那水牛頭上的雙角
便這般莊嚴而娉婷地誕生了

（七）春草

拼一生——
把氤氳在我心裏的溫潤的笑
凝鑄成連天滴滴芳綠
將淚雨似的落花的搖搖的夢兒扶住

（八）距離

聰明的，你能否算計出
它從樹梢到地面的距離？
當它酡紅的甜夢自霜夜裏圓醒
當一顆蘋果帶笑滑落，無風

向日之葵醒（二首）

（一）

我矍然醒覺
（我的一直向高處遠處衝飛的熱夢悄然隱失）
靈魂給驚喜擦得赤紅晶亮
瞧，有光！婀娜而夭矯地湧起來了
自泥沼裏，自荊棘叢裏，自周身補綴着「窮」的小茅屋裏………
而此刻是子夜零時一秒
而且南北西東下上擁擠着茄色霧

（二）

鵬、鯨、蝴蝶、蘭麝，甚至毒蛇之吻，蒼蠅的脚……
都握有上帝一瓣微笑。

我想，我該如何
分解掬獻我大圓鏡般盈盈的膜拜？
——太陽，不是上帝的獨生子！

孤獨國

著　　者　周夢蝶
封面設計　楊英風
定　　價　新台幣陸元
發 行 者　藍星詩社
臺北市中山北路一段一〇五巷六號
承 印 者　榮泰印書館

中華民國四十八年四月初版

孤獨國・復刻版號：

孤獨國

經典復刻1

作　　者：周夢蝶
書　　名：孤獨國
主　　編：封德屏
美術編輯：不倒翁視覺創意
排版印製：松霖彩色印刷事業有限公司
發行單位：文訊雜誌社
資料提供：文藝資料研究及服務中心
電　　話：（八八六—二）二三四三—三一四二*一〇一
地　　址：台北市中正區中山南路十一號B2
定　　價：新台幣三百五十元
出版日期：西元二〇一九年二月
I S B N：978-986-6102-39-4